将粮食撒向虚空

李磊／著

中国财富出版社有限公司

图书在版编目（CIP）数据

将粮食撒向虚空 / 李磊著. —北京：中国财富出版社有限公司，2023.10
ISBN 978-7-5047-7350-0

Ⅰ.①将… Ⅱ.①李… Ⅲ.①诗集—中国—当代 Ⅳ.①I227

中国国家版本馆CIP数据核字（2023）第203995号

策划编辑 李小红	责任编辑 张红燕 李小红		版权编辑 李 洋
责任印制 梁 凡	责任校对 庞冰心		责任发行 杨恩磊

出版发行	中国财富出版社有限公司			
社　　址	北京市丰台区南四环西路188号5区20楼		邮政编码	100070
电　　话	010-52227588 转 2098（发行部）		010-52227588 转 321（总编室）	
	010-52227566（24小时读者服务）		010-52227588 转 305（质检部）	
网　　址	http://www.cfpress.com.cn	排　版	宝蕾元	
经　　销	新华书店	印　刷	宝蕾元仁浩（天津）印刷有限公司	
书　　号	ISBN 978-7-5047-7350-0 / I·0366			
开　　本	880mm×1230mm 1/32	版　次	2024 年 1 月第 1 版	
印　　张	7	印　次	2024 年 1 月第 1 次印刷	
字　　数	113千字	定　价	78.00 元	

推荐序 1

爱上世界何种模样？仰望山的模样，感受水的清凉，拥抱草原的辽阔，体味众生的喜乐。

李磊说：先把"我"拿掉，再把"渴望"去除，剩下的就是"平静"。

爱的世界里，有自然的流动，有平静的舒坦，有欢喜的面容，没有执着，不生烦恼。

认识李磊，是在一次瑜伽大会上。他那纯然的微笑，给我留下深刻印象。他的灵性舞蹈，让我融入一个能量流动的世界。

有一年，他在内蒙古草原主办了一场会议，他的热情和体贴让我感受到了他的纯粹和深深的爱——爱这个世界，爱这个世界上的人。他渴望自己走向生命的丰盛和圆满，更志愿带领他人走向生命的觉醒，拥有喜乐自在的人生。

在探索生命的道路上，李磊是我的众多交流者中独具风格的行者。他心善、包容、坚毅，他看到了生命的内在之光。

在过去一些年中，李磊通过他的大量的诗歌，给这个忙乱世界的人们带来一丝清凉，带来一束金色的光。这些精美的诗篇，是他"撒向虚空"的灵粮，愿你愿我都能感受到它们的滋养。

王志成

《瑜伽文库》主编
浙江大学博士生导师、教授
浙江省老子研究会副会长

推荐序 2

将种子撒向虚空

我向虚空撒了一把种子

它们落入了大地的怀抱

于是我的窗前

便长满了鲜花

我日日于窗外一挥

便领回一天

美艳的时光

读李磊老师的《将粮食撒向虚空》有感，即兴模仿一首。

我们立于大地，头顶虚空；我们载于身体，内承虚空。感谢李磊老师的诗，带我们的心徜徉于日月山川，有感于古往今来的生生息息；感谢李磊老师的诗，带我们的灵魂遨游在意识的梦境，冥想那永恒的宁静。

诗，来自虚空，是人生的伴侣。

2020 年 12 月 2 日

于丽江玉龙精舍·曼荼罗花园

沙金

北京山地瑜伽静修中心
自在雪山瑜伽生活中心
中国瑜伽在线
瑜伽魔方创始人

推荐序 3

　　我是在江南的一座山中认识李磊的，后来，又从瑜伽与唱诵中发现了李磊的魅力，他可以联结起无数人的身与心，无论是谁基于何种场合，只要与李磊结下瑜伽之缘、结下奉爱与虔信的唱诵之缘，都一定会被他深深打动，感动之余，甚至涕泪而出，喜极而泣。

　　嗣后，经深入接触，发现李磊不但谦虚、纯粹、光明，有极强的感染力，而且是一个行吟诗人，于是，我从李磊的诗里看到了日月山川、草原马匹……堪称无量丰盛，令人回想起精神的国度与理想的家园。正如此诗集中的诗句所昭示："有水有草，便是故乡。哪里去找祖先的坟冢？只是记得油黑的山冈。"

李磊虽是北方大草原的儿子，却又分外喜爱着江南的山水、江南的魂魄，是啊，唯有精神的事物，唯有借此而见的广大的心，才能统合万象之参差。故尚未全读，此诗集就已令我遐想无端，真是：旧国旧乡，望之畅然，而况于闻闻见见！

是的，我们在同一理想国度相遇，那个国度，如今已经有了一个颇时尚的名字，叫作瑜伽。而瑜伽又是什么？瑜伽，让渺小趋往广大，让有限趋往永恒，让凡庸趋往神圣。

闻中

浙江省老子研究会副会长
浙江大学全球化文明研究中心研究员
浙江省图书馆"文澜讲坛"客座教授
中国美术学院视觉中国协同创新中心教授

自　序

我出生在内蒙古一个半农半牧的家庭，从小与牛马骆驼羊，与天空大地河流远山生活在一起，所以对自然是熟悉和亲切的。

这本诗集，一部分内容是我对草原的歌唱与呼唤。

在草原时，谓之歌唱，这种歌唱是对于族群、自然力量和更高所在的。在草原外，谓之呼唤，面对今天草原越来越多地被破坏并离我们远去的现状，这种呼唤含泪并深痛。

当你对一件事物充满渴望的时候，而且用那种纯真得像孩子一般的渴求去对待它的时候，它就会给你一个奇迹，这个奇迹就是你梦想了很长时间、向往了很久的礼物。

写下这些文字的时候，我能够体会到安静的力量是多么美好，多么强大，多么奇妙。安静，让我找到了一条通往内心的路。

诗歌，让我发现一条走向内心的路，一条认识自己的路。

爷爷去世时留给我一个马灯，这灯就像是智慧的传承，带着祖辈们的祝福和信仰的力量伴我在路上。

诗集里有一部分内容，是我行走在路上的所见；还有一部分内容是我在不断内化成长过程中的感悟与收获，所有这些都在圆满着我的生命。

这些文字，我希望它是简单的，只留下灵魂和骨头的部分，然后轻轻流淌进所有有缘人的生命之中。

我想我要用一生去书写诗歌，因为我有许多问题要慢慢地解决，而诗歌是我解决问题的路。

很多时候我会问自己：诗歌是什么？我一直以为它是空旷的、净化我们心灵的、最纯净的文字或声音。其实，我错了，灵性之歌更多的也许是只有写字或读它唱它的人才能体会吧！

像鹰一样自由，像草一样谦卑，像山一样沉默。候鸟迁徙，为了生命的延续；牧人迁徙，为了天地的生生不息；我们迁徙，要向着何方？

这是我写诗时常常思考的问题，也是我透过诗歌问所有有缘人的问题。

　　每个人的内心，都有一股非常纯净的能量，那个能量很强大，那个能量是你与生俱来的。随着成长，你会经历很多，会接受很多的教育，这些外在的东西会把内在的能量包裹得一层又一层。你需要剥离那些本来不存在的幻相与虚妄，与自己轻盈的内在连接。当你能跟你的内在连接到一起的时候，当你诚实地面对你自己的时候，你不用到处去寻找，能量就在这里，净土就在这里。

　　诗歌和我们的生命一样，是鲜活的，如果你给它规定了一个框架，它会像一潭死水一样，所以，一定要给诗歌自由。

　　那种与天地同在，随风而行的自由，是我现在也不能完全体会到的。那么，我就敬畏地感受着，并收下了。

　　愿这本诗集可以给你纯净的天空与大地，给你喜乐与自由，给你爱与光亮。

目 录

01 故乡

01

故乡

最后一片草原

幼时，

我驰着我的小马驹一直向前，

我的身后，

是越来越远的草原。

勒住缰绳，

我惊异于城市的风景；

翻身下马，

城市有礼貌地对我微笑。

但柏油马路还是硌得我脚掌生疼，

我最挂心的只有一件事：

我的马儿去哪儿吃草，去哪儿喝水。

这事不好办，朋友们都帮不上忙，

其实我的马儿它自己知道，

它也只剩下身后的那片草原。

现在，没有别的选择，

或掉转马头，

或成为雕塑，装饰别人的梦境。

夏天虫子

虫子又开始放肆了，

这次它爬上了我靠窗摆放的瑜伽垫。

我用浇花的小喷壶吓唬它，

它不怕清水，

却害怕喷壶发出的声音，

这个声音杀死了它无数的亲人以及同伴。

对于和我住在一起的朋友：

蚊虫、蚂蚁、蟑螂……

还有花草、书籍、茶叶、糖果、沙发、木床……

我尽可能地向它们表示友好，

每天以沉香、清水、明烛来供养。

它成了我生活中意外参与进来的主人，

我只能把自己假装成入侵者的角色，

以此来保证我心灵的安宁，以及生活的祥和。

"我们都是可怜虫。"

我笑着对夏天虫子说。

七月

七月的草原，天空更加辽阔高远。

每到这个时节，我更愿意回到草原，去仰望苍穹。

哪怕是在城市，也会常常走出院子，仰头看看。

天空，一无所有。

我想，这也正是它的可贵之处——

因为它一无所有，

方可容纳天下万物。

我们的心也该如此吧，

纯净、清明的心，

像七月的天空一样，

包容一切。

云是什么颜色

我问爷爷:

"云是什么颜色?"

爷爷说:"云是黑色。"

那天,院子里下着雨。

我问奶奶：

"云是什么颜色？"

奶奶说："云是白色。"

那天，棉花飞了起来。

我问妈妈：

"云是什么颜色？"

妈妈说："云有七种颜色。"

那天，雨后天空架起一座彩虹桥。

我问爸爸：

"云是什么颜色？"

爸爸没有说话，

反问向我：

"孩子，你觉得云是什么颜色呢？"

流浪

我去过许多许多的远方，

有一天，

我想回到那熟悉的故乡，

却未曾想，

那也成了远方。

将粮食撒向虚空

我向虚空撒了一把粮食，

它们落入了鸟的眉目里，

于是我的窗前，

便充满了歌声。

我日日于窗外一挥，

便领回一个

清快的早晨。

窗

我非常喜欢瑜伽坊南屋那一扇小小的窗，

它是被固定住的，

风进不来。

中午时的光线十分好，

我总坐在它旁边，

揭开竹帘，

喝一杯茶，

看一卷书，

望一望远处一无所有的天空，

想象有一只飞鸟掠过。

这种漫不经心，

便是我幸福的所在。

有时我会调皮地用纸挡住它，

只留出一点点空白，

这样，我便修剪出一束阳光，

有了我的允许阳光才得以照耀进来。

我走远一点，再看着这束光，

似乎明白了些什么……

阿妈的奶茶

（1）

当我听到阿爸从圈里赶着羊群马群出行的声音，天就亮了。

当我睁眼，便看到阿妈那如蓝天一样的蒙古袍和山丹花般美丽的脸颊。

炊烟和茶雾，像两朵白云飘浮在太阳的身旁，

干燥的空气里，弥漫着浓醇的香气。

爱上奶茶，爱上阿妈熬制的奶茶，

阿妈双手捂着的，热乎乎的奶茶。

（2）

灶火上牛粪和柴火发出的噼啪声响，依旧回荡在耳旁。

搅茶、扬茶的阿妈不时回头送来的笑容，定格成我眼里的风景。

温柔与安全，像夕阳下的羊群马群回到了圈里。

奶茶溢出的香气里，烙着阿妈的爱意。

忘不了阿妈的奶茶，

忘不了阿妈熬制的奶茶，

阿妈熬煮后带着浓香，有着泥土光泽的奶茶。

（3）

当城市中的霓虹又一次亮起，

当寒冷又一次袭来，

又一次想念阿妈，想念毡包，

又一次想念毡包里的烟火，想念灶火里牛粪点燃时的声响，

又一次想念伴我长大的阿妈的奶茶。

心里装满草原

小时候，爸爸告诉我：

"天边的雪峰，是大自然的慷慨，

"你要用心感念它。"

因此，我常合十感恩。

长大了，阿爸告诉我：

"脚下的绿色，是大自然的赐予，

"你要悉心保护它。"

因此，我爱每一处草场的绿色。

如今，藏地的"阿爸"告诉我

"亲朋的相聚，都是缘，

"你要永远珍惜它。"

因此，我装着爱向每一次分别告白。

牧人的房子——蒙古包

牧人的房屋安着轮子：

一个是太阳，

一个是月亮，

还有一个是游动的心，

以及连在马背

可以边行边饮的大圆酒碗。

冬末迁向春的青翠，

春末迁向夏的碧苍，

夏末迁向秋的丰盈，

秋深了，

冬窝子里还有林莽。

门前的挂图绝不衰老。

同一扇窗户，

采集四面八方的阳光。

檐前的雨丝，

从不牵挂旧的窠巢，

有水有草，便是故乡。

哪里去找祖先的坟冢?

只是记得油黑的山冈。

不必考虑儿孙的墓地,

婴儿和羊羔,

身心健康。

一月

一月，岁首，

年，从起点到终点，转了一圈，又重新开始。

一切又都是本来的样子。

日子始终自然地行进，

以它本来的样子：祥和、安宁。

流动的岁月里，我们能做且需要做的就是：

如实如是地经过，

所有的过往和将来。

一月，岁安，

你，与自己相逢时，也不要忘记拥抱，并牵手。

生命里的每个遇见都要珍惜，

该归零的归零，

该放下的也要放下，忘记再相迎。

生活和工作里的琐碎与困难，依旧存在且逃避不了，

只能更饱满地去面对，

或顺其自然地让它过去。

一月，岁喜，

懂得了付出与珍惜，

懂得了释然与失去，

我们并非在年复一年地老去，

而是在日复一日地焕新。

二月

冬，含蓄了。

春被季节悬挂在必然到来的途中，

带着原始的纯净与懵懂，

在时空里生动。

春，苏醒了。

雪地早已遮掩不住春意的绽放，

仿佛轻描淡写，

被随意描画在暮冬的空气里。

二月，

站在冬天的边缘，

越过寒冷，

开始又一轮生机盎然的萌动。

二月，

与春一步之遥，

可这春，它不能我，

我而不得，只能等。

二月，

无法书写春天，

却将这诗意裹在风里，夹在雪中，

在冬的情绪里，

悄悄地摆渡春天。

四月

四月，

于江国之北的我们，

是春天中的春天。

小河开始解冻，

残雪逐渐融化，

草原上特有的阵风不再凛冽。

四月，

她清新明媚的微笑，

洒满了蒙古草原上枯萎了一整个冬天的原野和枝头。

她温柔清澈的眼眸，

滋润着山间草场生长出的新绿，也滋润了牧人的心。

四月，

草原苏醒，河流苏醒，

草原人的心灵也伴着烂漫绽放的四月鲜活出一抹春色。

五月

五月的草原，

被春风熏香，被阳光焙暖。

蓝天白云间流动着美妙的诗篇：

阳光在嫩柳和辽阔的草场轻轻穿梭，

细雨打湿骏马的鬃毛，

身后的毡包依旧炊烟袅袅，

心被这些琉璃般的明媚深深点燃。

英雄救美

今天的太阳很夏天，

瑜伽中心院子里的小花都捂着脸。

暑气褪去，

我开始浇水。

土地咕噜咕噜地喊：

"又救了花儿一次！"

问

书桌上的盆花,

在这样的夜半, 悄然芬芳,

她自以为寂寞, 孤独,

而我坐在墙角

吃茶,

听雨,

盛放的花朵,

你可知道?

呼伦贝尔那片草原

天亮了，

草原枕着马奶酒的余香酣睡未醒。

山丹丹花伸着懒腰，

抖落昨夜安代踏歌的纷乱脚印，

吐露芬芳的笑容。

姑娘拍打着哈雅布琪上的尘土，

惊扰了草原与牛羊的热吻。

下雨了，

雨滴迅速地打湿了毡包，

也轻快地跳跃在碧绿色的草原之上。

牧人吞咽着热腾腾的奶茶。

小伙儿骑着马，

正从远处的山丘赶回，

身后留下一路蹄印。

夜幕降临，

星星抢在月亮前登上夜空。

风轻轻吟唱，

疲倦的牧人和旅人都沉沉地睡去。

隐谧的黑夜里，

叫哈布其克的狼狗，

瞪着血红的眼睛，

守卫着呼伦贝尔那片草原。

回草原取暖

冬天的呼伦贝尔草原，

广袤辽阔。

蓝与白的天地之间怎么望也望不到边，

脚步有起点却不会有终点。

河水的流动不会随季节而改变，

冰雪下依然有向往前方的韧劲。

卵石都冻得发白，

像一枚枚成熟的月亮。

牧草变得轻瘦，

却似乎并不怕冷，

肩并肩站在雪原之中，

孤独地望着天空。

我是在儿时的一个冬日早晨离开的草原，

又在这样的一个冬日，

回到草原取暖。

草原离我越来越近，

马蹄声又在耳畔响起。

冬季回到草原

冬季回到呼伦贝尔草原，

住进温暖的蒙古包，

与牧人相守，

一碗醇香的奶茶，

一块鲜嫩的手扒肉，

聆听牧人与冬季的对话。

你也会想：

大碗地喝酒，

唱起歌来，

醉舞草原，

与冰雪融为一体……

草原

五月的草原，

不似七八月那般水草丰美，牛羊成群，

亦没有夏日节庆时似海浪的热情与欢愉。

可此时的草原，

让你惊艳于春草初长时所释放的无限生命力，

和清风吹过浅草带来的宁静与放松，

它能带走你浑身上下所有的烦恼。

步入草原的深处，

时光都凝结的地方，

牧人挥舞皮鞭，

毡包外袅袅炊烟。

土地、河流、草原和威风而立的树，

就那么不经意地击中你心底的柔软，

让你沉醉，

让你释怀那些曾经的

让你生命不能承受的，轻与重。

在篝火摇曳的夜晚，

在阵阵的歌声里，

在围成圆圈的锅庄舞步中，

让空中月亮使你心中的尘埃落定，

留一份心在这草原，

让草原替你珍藏一份澄澈，

和月光一起停驻，

寻梦香巴拉。

雄鹰

什么才是生命的自由绽放？

长空一击还是翔于九天？

永远地展翅，

永远地翱翔于蓝天上，

成为人们抬头时所仰望，

垂首时长存心间的一种信念。

人类对于自由的渴望，

最早便是出自雄鹰吧。

跨越五大洲四大洋，

徒步而行，

终于到了这离天最近的地方。

才愿意卸下行囊，

才愿意把自己的心交付，

才觉得此生就算从此而止也会无憾。

人总会生出这样的疲乏感——

在一段长长的旅途之后，

在一次次命运的百转千回之后，

想要卸下满身疲倦，

就仿佛，满身伤痕都可以悉数褪去，

就仿佛，我们真的回到了从前，

哪怕不能从头开始，

亦算生出新的希望。

河流

总会有一首歌谣，

撞击我们的胸膛，经久不息，

承载我们的繁衍，生生不止，

那就是河流。

从勒秀洮河到大夏河、黄河，

河流启迪我们的智慧，

见证我们的生活，

用无形无色的澄澈与不争，

哺育我们所追寻的自由、公平和理想，

诉说对这大地上生活的，

万事万物的包容与热爱。

我们逆河而上,

找到能一生所持的事业。

我们顺河而下,

找到能一生相守的爱人。

我们在河边成长,

在河边成熟,

正如草在河边生长,

树在河边开花,

在这里茂盛成草原,

在这里繁枝累累。

河流,

包容的竟是我们全部的生活。

盛夏

夏天终于盛开了，

它绽放的这股劲，

卸下了我最薄的伪装。

勾销日历，

夏至已过"七格"。

所有空调已经泪流成河，

我隐藏遥控器，

拔掉风扇的插头，

让水以微微的咸，

在我幻化的身体上流淌……

阿爸

阿爸说:

草原上的路,

就像从远古传来的,

悠扬的马头琴声。

碧绿的音符,悦动的波光,

让每一个迷失的孩子,

都能找到家的方向。

阿爸说：

草原上的路，

就是你梦幻中的河流，

曲折如人生。

阿爸说：

草原上的路，

是白日里寻觅的方向，

是月色中光与影的共鸣。

阿爸说：

无论你走到哪里，

无论你心在何方，

草原上的路，

就是你的灵魂之路，

它会指引你手中的马鞭，

义无反顾地向前，向前。

阿爸说：

风可以吹散你的足迹，

雨可以湿透你的情愁，

唯有草原上的路，

永远都是你生命中不灭的灯盏。

恩情

昂头的青稞，

站在秋天金黄的田里。

宁静而遥远的蓝天，

你一低头化成一朵莲花，

我想起雪山下

无数个慈祥的母亲，

八廓街转经路上，

那些皱了的美丽的脸。

爱生花

一个小男孩看到即将枯萎的瓜藤，

心里有了些许悲伤。

他怀念自己日夜打理的绿意盎然，

他感慨花开瓜香的时节。

他静静地站在那里，

心中却有些彷徨，

他告诉妈妈：

我不想再种瓜了。

妈妈说：

我的好孩子，

再不再种瓜没有那么重要。

重要的是有你的栽培，

一家人才会有你的甜蜜瓜果分享。

重要的是，这棵瓜苗也在你的心里面，

生根发芽，开花结果。

它让你领略到了枝叶的繁茂，

它让你嗅到了花的清香。

它的枯萎，只是再自然不过的正常轮回。

小男孩笑着望向妈妈，

爱在他的心里开了花。

草原教给我的

我在草原长大，

辽阔的天穹装不进我的心胸，

汪洋的绿色跑不出我的视野，

骏马奔腾是我的心意流动，

马奶酒、酥油茶的余香在我的舌尖沉淀，发酵。

春日和煦的短暂日子里，我细数着叶片的成长，

高挂的骄阳曾暴晒我的肌肤，

雨季的雷鸣电闪亦让我感到震颤，

秋季的金黄也令我感慨生命的自然消亡，

凛冽的北风偷偷亲吻过我的脸颊。

草原并非向往的世外桃源，

投身城市也并非不能再回到草原，

不再生长的身体亦不表示不能再带着心去向远方。

02

他
乡
的
故
乡

全都献给你

问：你诵的是什么经？

答：地上开满了花，

有香气传来，

头顶上有四座山，

山上有牦牛和羚羊，

天空中有太阳和月亮，

所有这些，全都献给你。

发光的灵魂

十多年前，我第一次入藏，

与朝圣者一道排队瞻仰大昭寺佛像。

身体前后，挤满了前来朝拜的藏人，

他们身上都带着浓重的酥油味，

黑红的脸在幽暗的佛殿里无法看清，

眼睛却格外明亮。

长长的队伍，

有满脸褶皱的阿爸阿妈，

有眼神清明纯净的孩子，

有体格健硕系着红头绳的康巴汉子，

也有梳着长长辫子的漂亮卓玛。

即使是过客，也会不自觉跟着他们一起，

虔诚合掌，将头顶轻磕佛足，

抬起头时已是泪流满面。

他们是真正的超然，

辛苦一生的积蓄，

也许在某次朝拜的时候，

全部都捐给寺院，

留着眼神明亮、笑容坦荡，

一生享用。

在藏地，在离天最近的地方，

人们的灵魂会发光。

绿茶

在这阳光穿透的下午,

取出冷藏的山中野茶,

用一壶水,

冲淡,

一岭春山。

茶是均芳老师结缘于我的。

离开杭州时，

她将茶塞进了我背囊的最上方，

她双手合十　微笑。

她同茶一样，

具有江南春风的温度。

这种温度，

足以染绿我

行旅间的尘埃。

夜雨

很喜欢，

在许多年后的夜晚，

在与故乡千里之遥的地方，

还有这样干净的雨声。

没有车鸣，

没有人浅斟低唱，

没有现代通信的乏陈，

没有奔跑，

没有明天要做什么，

没有倦意，

没有怀念的微冷，

有一杯茶的气味，

有雨纷飞洒落的声音，

有笔触白纸的声音，

有我在愉悦地记录。

一个人的夜晚

听一场故乡雨的重新轮回。

一个人，

一场雨，

无余事，

随意小卧，

卧在了桃源。

喀纳斯湖

心，安静得像喀纳斯湖里的水。

它来自奎屯峰以及友谊峰的冰川，

此刻就躺在山脚下，

静如处子一般。

从它的身边走过，

阵阵凉风吹来，

拂过发尖，

像是儿时妈妈的抚慰。

坐下来吧！

如果你也从这里经过。

就让这正午的阳光肆意一回！

你的心跟随这里的空气，

你的眼睛跟随这里的鸟群，

进入自己的庇荫处。

此刻，你属于这片山林，

你的心也应该像卧龙湾一样沉静。

闭上眼睛吧！

如果你也从这里经过。

更清楚地去感受它，

让你的心也像它一样平静。

如果眼睛蒙蔽了你，

说那不是它的真面目，

那黄昏总不会说谎吧，

它把色彩都收回了口袋。

夜幕来临，

当我入睡，

喀纳斯湖与我一起入睡，

我们在彼此的照应之中入梦。

走进甘南草原

这是一条神圣的路，

神秘，诱人。

这是一条朝圣的路，

苍茫，高远。

我没带什么来，

除了一颗虔诚的心。

离开时，

却带走了很多：

蓝天，白云，

纯朴的心，温厚的人，

像藏地的阳光一样的笑靥……

都装进了心里。

阿克苏

在这里，

你总是会愿意

感受走走，

感受自我的渺小，

并让自己将一颗皈依自然的心灵默默

沉沦给这片气势非凡的土地……

家人

在路上,

除了风景,

或许最令人动容的,

是你收获到的情感,

和这一世与自己为伴的家人。

三月

三月的南疆，

　　云垂天际，

　　沟壑纵横中，

　　谁人的手笔？

把一轴西域的画卷托起。

胡杨

它把头颅，像根一样深扎向了这片土地，

即使是它的手指，

也深深地扎下去。

它深扎下去，

就扎进了生命的根源，

手指攥紧，

就能攥出戈壁滩上一泓泉水。

古城

喀什古城，

狭窄的巷道没有让人感到局促，

相反，

当光束投在巷道房舍上形成黑白对比的光影时，

画面里有一种深邃的空灵感。

巷道民居的门扉对所有人都是敞开的，

行于其间，

从古朴的民居中可以感受古巷人家淳朴的气息。

走出古巷时，

我多了一个标记——

那是阔玫其亚贝希巷女人特地为我精心绣制的一顶民族花帽……

炊烟

我看见温暖挂在屋檐上，

一封古城写给蓝天的信。

在日落之时，

静静地穿行在老巷里，

青青的炊烟，

先我抵达天堂的金殿，

在高楼与喧嚣的后面……

安静

此刻，

这里很安静，

安静得如同太古的时候，

风还没有刮，

叶还没有动，

人还没有临世。

安静啊，安静啊，

要么已经散场，

要么还没开始。

在路上

长长满满人生独行的旅途，

因一次无约的契机，

便在时光中留下了无尽的想念。

在列车窗口，

把目光抛向远方，

任山、任水、任草、任树从视线里模糊地一掠而过。

谁知，

丢弃了一路风景，

却丢不掉那悄然而至的想念。

于是，

我把心交给了春天，

让想念与祝福随清风而行，

给行过的每条路，

给在路上的亲人。

在秋天的喀纳斯

几只水鸟，撩开秋天困倦的眼帘。

碧绿的湖水，不住地向外扩展。

环绕在湖边的山，顺势又长高了几分。

喀纳斯的秋天被游人灌醉，

马背上的风景，

趔趄着，

就要骑不稳了——

沿岸正在沐浴的白桦，

从流淌的风中伸出双手，

把即将跌倒的风景，稳稳扶住。

就这样被她抱走吧！

哪怕陶醉片刻。

有那么多游人，一年又一年不断前来，

想要寻我的，不就是这种感觉吗？

历经千年风霜，喀纳斯湖始终不老不衰，

依偎在青山的怀抱，和青山寸步不离，

用平静的厮守——相约生死。

在秋天的喀纳斯，

我坚信那些背着相机的人，

并不是真的在捕捉风景。

行在路上遇见你——可可托海

行在路上，

与你不期而遇。

一个互相打量的蓝色的区域，

翠绿的鸟儿，

木制的栅栏，

都是有声无声的语言。

在这样一个秋天的黄昏，

一头饮水的牛，

一茎摇曳的草，

一片湛蓝的湖水，

使我们倍感亲切。

可我们是走了漫长的路，

才与你相遇。

但与你相遇的一瞬，

我们怒放成了秋天的花束。

行在路上遇见你——可可托海。

再相逢

我认识你，

我在深深的冥想中见到过你。

并且相牵走过很远的路，

我们都不是第一次来到这里。

如今，我们再相逢，

彼此赠予了一滴水。

也许，

只要一个契机，

只要一滴水，

我们心里所有的种子就会开花，

我们也将回到之前停下来的地方，继续上路。

在这路上，感激有你，

向你致敬。

我不是一个人来到藏地

一路前来我带了无数个祈愿与祝福,

所以,行在路上我并不孤单,

我,与你同在。

我不希望我只是走马观花地行过,

这样,

我怕我走再远,

也走不到真正的西藏。

萨噶达瓦，

穿过八廓，

额头触及飞舞的风马，

某种神秘的力量随着经幡的层层晃动一圈圈荡开，

我仿佛看到了自己体内一个个圆与八廓的圆在共振、旋转与流动，

也仿佛看到了所有的愿随桑烟朝天际而去。

在那一刻，

远方的你，是否有共鸣，

是否也感觉到了身心的清亮与明净？

我不是一个人来到藏地。

城市是孤独的

即使在这荒芜的城市，

我只要起得比清洁工早些许，

便可以领略那尚未消逝的鸟鸣，

如果脚步声与车鸣声开始泛滥，

那些鸟儿便钻进了水泥的巢穴。

他们所鸣唱的不是寂寞，

而是一座城市的孤独。

致新疆

我再也不能满足于，

在摊于膝头的地图上想象你。

认识一个地方，

和认识一个高尚的人，

同样有意义。

我像一只蚂蚁，

缓缓向这片疆土走来，

用细小的步子，

丈量一个巨人的躯体，

不是为游逛，

是为理解你。

我不认为你是无言的，

伟大的沉默，

绝不等于死寂。

像鹰一般久久盘旋的，

是你深情的目光；

像风一般深深回荡的，

是你温柔又有力量的呼吸。

每座大山、每个湖泊,

　　都是你的情人;

每片森林、每块岩石,

　　都是你的后裔;

　　　　而你,

既是宁静黎明的歌者,

也是深沉暮色的知己。

你是老人也是婴孩，

是民歌也是哲理，

是布满褶皱的苍老的戈壁，

也是新鲜的活泼的山泉小溪。

和人一样，

你有忠实的记忆。

造这个地方的不是别人，

而是新疆它自己……

在新疆的路上

你会永远记住这片土地。

晚上九点了，晚霞仍旧兴高采烈，

梭梭一片。

马匹沉静，不理会任何人，

道路通畅，驾车的朋友打着哈欠，

而后调开收音机，

试图打破这沉闷。

地图铺开在膝头，我用手指碰触着这片西北疆土。

暮色中，远处的大寺若隐若现。

流星划过，状若口哨，

黑夜近在咫尺。

信仰 1

有信仰才会相应。

信仰不喜欢被挂在墙上或摆在供坛上，只是悦耳悦目。

它扎扎实实地帮助人脑产生一种叫安多芬的激素，

这种激素使人有幸福安宁的感觉，

很多时候甚至可以闻到它内在的甘甜香味。

距离

不想离你很远，

亦不会靠你太近，

当我远离，

你便靠近；

当我靠近，

你便远离。

曾经想过，

两朵花相逢在一个花蒂，

风吹过，

我才明白，

我只与自己的心不即不离。

谢谢你，我特别的天使

你是我完美的镜子。

谢谢你告诉我，

我不是陷入无尽黑暗之中的我。

你不断将我剥落，释放，

一层一层，

痛苦，但快乐，

谢谢你告诉我，我不是这些。

谢谢你告诉我，

我可以走出绝望之境的绝望。

你让我看到无为，无畏，

没有流下的泪水，

是你救了我，如果我愿意。

你就带我踏上旅程吧，

无始无终！

哦，帮帮我，帮帮我！

在失落之处找到我，

你是我特别的天使。

你就带我踏上旅程吧，

无始无终！

噢，谢谢你，谢谢你！

和我翻越痛苦的绝壁，

在我还有罪的时候就用爱释放我。

谢谢你所做的一切，

谢谢你，即使我还没意识到你为我所做的一切。

03

心乡

收拾

我们真的应好好收拾一下屋子，

即使这只是租赁的一间普通房舍，

即使我们不久便要离开。

我们之所以努力地存在，

是因为我们需要并渴望美好的生活。

美好的生活，

最基础的一点——一目了然。

如果我们以工作等为借口忽略整理房间，

便与美好的生活失去了拥抱的机会。

房间里有太多陈设与物品，

我们便要思考与澄清：

是否应该放弃无谓的占有，转向欢喜的赠予？

房子是我们的一部分，

乃至更广阔的山林、大地……

房子洁净一些，

心便洁净一些；

房子空旷一些，

心便空旷一些；

直至虚空为舍，

大地结庐。

如果你已经抛弃了房子的束缚，

我祝福并随喜。

如果你已经一无所有，

贫穷到只有一颗心，

那么请你不必吝惜，

尽情地光明。

只有无所住的人，

是不必收拾什么的。

平静

有个人天天向上天祈求：

我渴望平静。

上天终于回了信：

先把"我"拿掉，

再把"渴望"也去除，

剩下的就是"平静"。

拯救地球

很简单，

喜新用旧，

食简茹素，

登山、散步、晒太阳，

照顾花草，

热爱可爱与不可爱的动物，

关照亲人以及不相识的路人，

以人的心灵与资本，

健康、快乐、知足地活着。

很无力：

倡导生态保护与尊重环境，

要求循环利用资源，

倡导低碳产品，

法律约束，

道德谴责，

呼吁再呼吁：

危机教育……

在这个以不纵情享乐便是损失的时代里。

从自己开始，

即使慢如蜗牛，

身后

也会有如堵车般的随行者吧。

食

一日三餐，尽是修行：

是对贪口的磨砺，

更是对身材保持的持续修行。

精神食粮，何尝不是如此？

慢点儿

站在十字路口，红绿灯是如此苍白。

碌碌的尘劳，让脚步停不下来。

那些纷繁的尘土是如何被扬起的？

当我们放慢脚步，路边的花也开了，草也绿了……

慢点儿，有风景。

生活不易

生活的不易，

不在于柴米油盐，

而在对抗平凡日子里可能伴随的慵懒怠惰

麻木无感。

到自然中去，

我是人类花园的一朵鲜花，

断开从灵魂深处生出的藤蔓缠绕，

让芬芳自己发散。

我们，要照顾好自己的身心。

随便他

你告知我有人在背后辱骂我。

我的第一念应该是什么?

我想应该是注视着你,想着以后见到你,便需要尽可能回避。

好说是非事,便是是非人。

是非，如水刻字，纵然流布甚急且远，却转瞬即逝。

闪电划过，天空不会留下闪电的痕迹。

是非，污辱现前时，入耳莫停留。如若停留，毒已入心。

随便他，相安无碍。

过得去

生活中的痛苦，不会有刹车，

不会因为你想歇息，便可以让它停下来。

它一路向前，即使遇到险隘与沟壑，

也必须过得去。

过得去，就是走好每一步，

即使摔倒了也是朝前的。

这样的生活，每一天都是刚开始。

枕月入眠

不论一天中经历了什么，

临睡前坐下来，

放松全身，重复唱诵，

而后微笑着，

枕月入眠。

清福

把那所谓的洪福甩到天上去吧，

我只要一场瑜伽。

静静地，

弥漫着，

源于心的

纯善与本真

清欢与喜悦。

想起 Swami 我很惭愧

上一次 Swami 回来内蒙古中心时对我说:

你记住,

体式、静坐、清净生活,

除此之外,

其他不可做。

我努力想依 Swami 所教导的来过我的生活。

一年过去，

偶尔体式，

静坐甚少，

走了很多地方，

看了不少闲书。

我想，这也许会被 Swami 责骂，

但在我能保持平和的心境之下，

目前我所能顾及的，

只有如此。

这一次 Swami 回来,

我没敢向他汇报一年的学习生活情况,

但 Swami 他是知道的,

离开时依是嘱:

要清净生活。

生命

每一个当下，每一个晨起，每一个日落，

构成生命，

我希望有完全的生命，

因此，

我会尽可能以饱满的状态，

出席每一个神圣的时刻，

吃饭、讲课、瑜伽……

抛开金钱、权位、喧嚣、繁华，

每个人的内在都具有生命的光辉

我端正身体，

以谦卑的姿态出席每一次庄重的会见

自己、朋友、亲人……

常常回归童心看世界，

发现一切，

抛开低劣热闹中的混沌，

静也好，动也罢，

怀着一颗坦荡澄明的心，

才能——真正地清静，

才能——真正地狂欢。

行走

心向往之，

即刻上路。

在力所能及的范围内，

不断行走，

并不断为自己的行走创造机会。

在路上，

遇见，

相视一笑抑或蓦然回首……

你的心

很多时候，

我们畏惧这里，

却又向往这里。

我用行走来打消自己的恐惧，

走进内心的向往。

不曲

宁在直中取，

不在曲中求。

老翁直勾，

钩来真龙。

扭曲的时代，

再算计的合约，

也占不了多少便宜。

学会直截了当，

拐弯抹角所虚耗的光阴完全可以省下来，

换成暖暖的下午茶。

不二

道路其实只有一条，

我们太在乎所谓的捷径，

最终被道路遗弃。

我们很快乐，我们正背道而驰。

乘坐什么工具，

与什么样的人结伴同行，

……

如是种种，

其实并没有那么重要。

面对那些舌头开悟的人，

当他们口水迸出时，

请记得大喝一声。

然后，接着上路。

禅是什么

禅是什么?

有人说:

它是知识,学会了它,就打开了一扇窗。

有人说:

它是静坐,是旁人看到的端详。

有人说:

只知道它跟佛陀有关,但并不知什么是禅。

禅就是禅，

它并没有在深山，在远岛，

它是淤泥之上开启的圣洁智慧，

它就来自我们的心房。

融

让这个充满美景的星球的百姓穿得熨帖，

让这个葱郁大地上的生灵吃得饱好，

让这个天空下的人民住得安顺，

不，这些都还不够，

我们还需振奋这个民族的灵魂，

我们还要强健这个种群的体魄。

这个世界中，修行方式万千千，

没有香火，可以有净土一片；

没有祈祷，可以见天堂一角；

没有纷争，可以得真主一宁。

用瑜伽塑造形体的柔韧与刚强，

用冥想内视心海的祥和与动荡，

这样，

我们的身体成了一幅美丽画卷，

我们的心灵也多了一份安逸。

喧嚣

身旁一如往日：

喧嚣，

混合的喧嚣。

对于喧嚣，

我表示莫名的友好。

真正的安宁，

是主动接受的心，

不反复，

不勉强。

记恨

不可记恨任何人，

即使被沉重地伤害。

身心的痛楚，

不是记恨他人的理由。

当记恨的心念弥漫

挥之不去，

才凝结成身心的痛楚。

非因痛楚，

然后记恨，

不能释怀，

因为颠倒。

接受自心的不够坚固，

开始增加心的容量，

让它尽可能慈悲，

并逐日柔软。

当心如水，

便不再会因为遭遇方与圆

而生起丝毫束缚。

什么都是你的

什么都是你的。

你是谁的？

扪心自问，心到底有多大？

贪婪的心，抢来一个世界，

你又能把它放到哪里？

春风大雅能容物，

连春风的胸襟都没有，

又岂可耕耘天地？

就从今天，

就从内心，

试着，

放过自己。

如兰德一样美好：

我和谁都不争，

和谁争我都不屑，

我爱大自然，

其次就是艺术。

直来去

想说什么便说什么！

谎言终有被揭穿的一天。

纵使把一根烂木头抛到天边，

那不留情面的浪头，

终会把它送上沙滩。

用诚心去面对世界，

即使世界欺骗了你，

你至少还有一颗光明的心。

乌云厚重，

却从未抹杀那一轮明月。

勿拣择

朴素的心灵总是那么令人向往。

行、走、坐、卧，简单到不能再简单，

那是多么宝贵的生活态度。

拣择得太多：好与坏、大与小、多与少……

如此种种，

都是痛苦的诱因。

大道无难，唯嫌拣择。

我们拣择生活中的一针一线，

生活拣择我们生命的一分一秒。

勿拣择，恒安乐。

在当下

猛地回头，那些嫩绿的往事，已经被夕阳染红。

踮起脚尖，前面的路途，嵌进黑色夜幕里。

安静地歇息吧。

在此刻安静地坐着，

剥离所有虚伪与想象，

真真切切地审视一下久违的自己。

在当下，静虑的刹那。

一朵洁白的莲花，开在狂心顿歇的足下。

享受饥饿

浅浅的饥饿，

比微微的胀痛要幸福。

饥饿时，

想念一点食物都会沉浸于安静；

当吃得失去节制，

便开始无益的自责：

"少吃一些我将轻松许多。"

期待食物并自由想象，

是憧憬；

而自责，

却有几分无奈。

憧憬相对于无奈而言，

是适当地习惯饥饿，

是不易被人发觉的快乐。

打扫房舍

马上便立春了，

这是二十四节气中的第一个节气，

伴着年节的气味充盈墙外、街道。

也该收拾下心情了，

把屋子里的灰尘聚拢，

整理书桌，

清拭佛案，

誊抄杂乱的文字。

不急促，

也不懒散。

懂得如此，

便可以坐享春天。

信仰 2

如果我还算是纯良，

就让我一辈子纯良，

我不表态并不是没姿态，

我没立场，

但我有信仰。

礼物

我一直在想，

要送什么礼物给你，

我不愿意再送水给大海，送金子给金矿，

那我要送什么给你呢？

我送你一面镜子吧！

它可以让你看见你自己。

不逆

总在寻找对立面，这是绝大多数的人生。

学会对众生恒顺，其实不需要什么投入，

放下"我"时，成就一个世界，

没有"我"的世界，世界才是我的，

时时不逆，事事顺利。

致客书

来了这里，

需弃一身尘埃，

也别期待这里会讲什么，

你不言我不语，

就只是静静地坐上一会儿。

莫负了这一杯茶，

端平了小杯满，

空空去放得下。

沿来路回去，

小池边，

也许，

会撞见一朵野荷花。

做自己

让鱼成为鱼，

让鸟成为鸟，

让我们都如其所是地成为我们自己，

还每个时刻与事物以本来，

便是修行的所在。

爱上自己

如果没有爱上自己，

爱上谁都是索取。

如果独自幸福不起来，

那与谁在一起，

都不会生发幸福。

贪即贫

荒漠并不贫瘠。

最贫瘠的，是一颗贪婪的心。

需要一个便只取一个，

当生起了取第二个的念头，

便是一次生死。

让心平和

试图安静自己的心,

让心平和,

并开始用它慈悲地审视世界。

这个时候你会发现:

世界开始渺小,

而你的胸怀,

正在无限地敞开。

做个孩子

年纪小的时候，我们被动地做着孩子。

第一次看到早晨的积雪，高兴地只想躺在雪的怀里，

和小伙伴们一起嬉戏，开心得忽略了额头上的汗珠。

我们感知不到时间，

尽管它悄无声息地改变着我们的身高，

尽管它不言不语地镌刻着父母脸上的皱纹。

不知从哪一刻开始，

我们好像变成了大人。

我们不再轻易对谈心中的畅想，

没有了畅快淋漓的玩耍，

对远方也少了许多的向往，

甚至感受到了一种大人的停滞。

时间却反差地飞逝，

我们的身体开始没有那么敏捷轻灵，

我们的心扉仿佛生锈的建筑——陈暗透不进光。

时光，

轻易地将我们抛向下一个流年。

如果，连成为大人都略显被动，

我们能否主动一次，做个孩子呢？

就像在乎一个人时，很愿意一直陪伴着她；

犹如想要一个结果，很努力争取那个结果

伤心时勇敢哭出声来，

拼搏时忘记时间和汗水。

使生活如此美丽的，

一直是我们藏起来的童心和真诚。

呼吸

觉得吵，

可以关上窗；

觉得黑，

可以开灯说话。

即使只想沉默，

也可以观察呼吸，

相忘……

自由

我们唱着自由的歌，

我们告别想要的生活。

我们想要的生活，

让我们不自由。

我们唱着自由的歌，

我们歌唱自由，

自由的歌用心听。

自然是生命

自然是生命，

雕琢是生活。

当我们一味地自然，

抑或极致地雕琢，

我们便失去了生命，

更无法体味生活。

驻留

早晨外出的时候，

我总是会多看几眼：

绿化带的青草是否藏了几滴露珠？

调皮的云彩是否挡住了朝阳的升起？

傍晚回家的途中，

比任何画家都厉害的晚霞，

尽情地在绘制天边的云图，

让人禁不住欣赏。

倘若是夜晚时分，

皎洁的明月抚慰着劳作了一天的自己，

静谧的空气封锁了白日里的喧嚣。

就那么抬头望着安静。

在人生的行走旅途上，

我偏爱着这份驻留。